AF461104

16 Mars 1909

marque PN

VENTE
Du 16 Mars 1909
HOTEL DROUOT, SALLE N° 7

ESTAMPES

DES ÉCOLES ANGLAISE ET FRANÇAISE

DU XVIIIe SIÈCLE

COMMISSAIRE-PRISEUR
Me BAUDOIN
10, rue Grange-Batelière

EXPERT
M. A. DANLOS
MARCHAND D'ESTAMPES
15, quai Voltaire

ESTAMPES

DES ÉCOLES ANGLAISE ET FRANÇAISE

DU XVIIIe SIÈCLE

IMPRIMÉES EN NOIR ET EN COULEURS

CATALOGUE

DE

BELLES ESTAMPES

DES

ÉCOLES ANGLAISE ET FRANÇAISE

DU XVIIIe SIÈCLE

IMPRIMÉES EN NOIR ET EN COULEURS

Par et d'après

ALIX, BAUDOUIN, BONNET
BOUCHER, GAUTHIER-DAGOTY, DEBUCOURT, DESCOURTIS
FRAGONARD, FREUDEBERG, HUET
JANINET, LAWREINCE, MOREAU, REYNOLDS
SMITH, WARD, ETC.

DONT LA VENTE AURA LIEU

Hôtel des Commissaires-Priseurs, rue Drouot, n° 9

SALLE N° 7

Le Mardi 16 mars 1909, à deux heures très précises

PAR LE MINISTÈRE DE

Me BAUDOIN, commissaire-priseur
rue Grange-Batelière, 10

ASSISTÉ DE

M. A. DANLOS, marchand d'estampes
quai Voltaire, 15

EXPOSITION PUBLIQUE

Le lundi 15 mars 1909, de 2 heures à 5 heures.

CONDITIONS DE VENTE

Elle sera faite au comptant.

Les acquéreurs paieront 10 % en sus des prix d'adjudication.

M. Danlos se réserve la faculté de rassembler ou de diviser les lots.

La collection sera exposée, 15, quai Voltaire, du lundi 8 au samedi 13 mars inclusivement.

ALLAIS (A. Briceau, Femme)

1. Jean-Jacques Rousseau; médaillon ovale, in-f°.

Très belle épreuve imprimée en couleurs; grande marge, Rare.

ALIX (P.-M.)

2. Madame Saint-Aubin, du théâtre de l'Opéra-Comique, d'après Garneray. In-4°.

225 Danlos

Dans une bordure ovale, reposant sur un cartouche où est représentée la scène IV d'*Amboise*.

Très belle épreuve imprimée en couleurs.

3. F. M. Arouet de Voltaire; gravé d'après Garneray. In-4°.

107 Geffroy

En buste dans une bordure ovale reposant sur une tablette décorée de médaillons emblématiques.

Très belle épreuve imprimée en couleurs. Marge.

AUBRY (D'après E.)

4. L'abus de la crédulité, par N. de Launay.

Superbe épreuve avant la dédicace. Toute marge.

BALÉCHOU (J.-J.)

5. **Mademoiselle Gauthier de Loiserolle**, sœur de Mme Aved, d'après Aved. In-f°.

Superbe et très rare épreuve avant toutes les lettres, la tablette est couverte de salissures de burin.

BAUDOUIN (D'après P.-M.)

6. Le Bain, par Regnault (E. Bocher 10).

Superbe épreuve imprimée en couleurs. Grandes marges légèrement piquées d'humidité.

7. Le Coucher de la Mariée, gravé à l'eau-forte par Moreau le jeune et terminé au burin par Simonet (16).

Superbe épreuve ayant une très grande marge. Rare de cette qualité.

8. Le Danger du tête-à-tête, par Simonet (18).

Superbe et rare épreuve avant la lettre et avant l'addition des ornements dans la bordure.

9. La même estampe.

Très belle épreuve avec la lettre et avec le cadre ornementé. Toute marge.

10. L'Enlèvement nocturne, par N. Ponce (20).

Superbe épreuve tirée avant les changements dans l'adresse. Toute marge.

11. Le Léger vêtement, par Chevillet (28).

Superbe et très rare épreuve avant toutes lettres. Marge entière non ébarbée.

12. Le Lever, par Massard, 1771 (29).

Superbe épreuve avec la première adresse, celle de

Madame Baudouin, laquelle fut, par la suite, remplacée par celle de Basan.

13. **Le Modèle honnête**, gravé à l'eau-forte par J. M. Moreau et terminé au burin par Simonet (33).

Superbe épreuve avant toutes lettres et avant les armes : elle est très fraiche et a une très grande marge. Très rare de cette qualité.

14. **Le Midy**, par de Ghendt (33).

Très belle épreuve avant toutes lettres, la tablette indiquée par un simple trait. Grande marge.

15. **La Sentinelle en défaut**, par N. de Launay (44).

Très belle épreuve avant la dédicace.

16. **Les Soins tardifs**, par N. de Launay (45).

Superbe et rare épreuve avant la lettre et avant les changements faits depuis dans la bordure.

BOILLY (D'après L.)

17. **La Solitude**, par Tresca.

Très belle épreuve en couleurs.

18. **Qu'elle est gentille**, par Bonnefoy.

Très belle épreuve imprimée en couleurs.

BOREL (D'après)

19. **La faute est faite, permettez qu'il la répare**, par Anselin.

Très belle épreuve avant la dédicace.

BOUCHER (D'après F.)

20. Tête de Flore. (Portrait de la fille aînée de Boucher, devenue, plus tard, Madame Baudouin.)

Très beau et très gracieux portrait en buste, grandeur nature, gravé en imitation de pastel, chef-d'œuvre en ce genre, par **L. Bonnet**.

Superbe épreuve avec les rehauts de blanc très apparents.

21. Tête de jeune fille, en buste, vue de face, les yeux baissés, une rose au corsage; gravé en imitation de pastel par **L. Bonnet**.

On lit dans la marge de cette estampe la curieuse annotation suivante : *Première estampe aux trois crayons d'après le dessin de M. Boucher, premier peintre du Roy. Gravé par Louis Bonnet, le seul qui possède le secret d'imprimer les blancs...*

Très belle épreuve tirée sur papier bleu avec les rehauts de blancs très apparents. Rare.

22. Vénus à sa toilette; gravé aux trois crayons par **Demarteau**, n° 575.

Très belle épreuve.

23. Le Réveil de Vénus; gravé en imitation de pastel par **L. Bonnet**.

Très belle épreuve tirée sur papier bleu.

BOUCHER et BOREL (D'après)

24. L'Attention dangereuse.
L'Abandon voluptueux.

Deux pièces, faisant pendants, gravées par Dennel.
Superbes épreuves avant toutes lettres.

CARESME (D'après P.)

25. **Le Marchand d'orviétan de Campagne.**
La Troupe ambulante des rues de Paris.

Deux pièces, faisant pendants, gravées par Bonnet.
Très belles épreuves imprimées en couleurs.

26. **La Danse champêtre.**
Les Plaisirs champêtres.

Deux pièces, faisant pendants, gravées par Wossenik.
Très belles épreuves imprimées en couleurs.

27. **Les Délices du bain, par Jubier.**

Très belle épreuve, imprimée en couleurs, légèrement retouchée à la mine de plomb. Très grande marge.

28. **La Petite Thérèse, par J. Couché.**

Superbe et rare épreuve avant la dédicace. Marge entière non ébarbée.

CHALLE (D'après M.-A.)

29. **La jeune Agathe.**
La belle Émilie.
La douce Julie.
La charmante Victoire.

Suite de quatre charmants médaillons, publiés à Paris chez Chaillou.

Superbes épreuves imprimées en couleurs : elles sont très fraîches et ont de grandes marges. Très rares à trouver réunies et de cette qualité.

30. **Le Modèle bien disposé, par A. Chaponnier.**

Superbe épreuve avant la lettre. Toute marge.

CHARDIN (D'après J.-B.-S.)

31. **Dame cachetant une lettre, par E. Fessard (E. Bocher 12).**

Très belle épreuve avec la première adresse, celle de Fessard, laquelle fut, plus tard, remplacée par celle de Joullain. Fort rare.

COCHIN (Par et d'après N.)

32. **Louis XVI soutenu par Minerve et Thémis; médaillon allégorique gravé à l'eau-forte par A. de Saint-Aubin et terminé par De Longueil (E. B. 334). In-4°**

Très belle épreuve avant toutes lettres, la figure du Roi n'est pas terminée.

COSWAY (D'après R.)

33. **Madame Récamier, par Cardon. In-4°.**

Debout à mi-jambes, derrière les premières marches d'un escalier et soulevant, d'une main, un voile qui lui couvre en partie le visage.

Très belle et rare épreuve imprimée en couleurs.

DAGOTY (Gauthier)

34. **Dites donc, s'il vous plaît; médaillon ovale, in-f°, gravé, d'après Fragonard.**

Une des jolies compositions du maître, gravée en agrandissement de l'estampe de N. de Launay.

Très belle épreuve imprimée en couleurs. Excessivement rare.

DAULLÉ (J.)

35. **Catherine Mignard, comtesse de Feuquières, debout en muse, d'après P. Mignard, son père. In-f°.**

Très belle épreuve. Toute marge.

DAVESNES (D'après)

36. L'Amant regretté, par Voyez.

Superbe et très rare épreuve avant toutes lettres.

DEBUCOURT (P.-L.)

37. Les Deux baisers, 1786 (M. Fenaille 7).

Estampe célèbre, une des plus jolies du maître, d'après son tableau exposé au Salon de 1785, sous le titre : *La Feinte caresse*.

Très belle épreuve imprimée en couleurs.

38. Le Menuet de la mariée.
La Noce au château (8 et 21).

Deux très belles pièces faisant pendants.

Superbes épreuves imprimées en couleurs, la première pièce, la seule où, en cet état, on constate des différences, est avant la retouche dans le ciel et avec un seul point après la date de 1786.

39. Promenade de la Galerie du Palais-Royal, 1787 (11).

Superbe et rare épreuve, imprimée en couleurs, tirée avant la correction au mot *imprimé*, lequel est écrit *Erprimé*. Marge du cuivre.

40. Promenade du Jardin du Palais-Royal, 1787 (11").

Superbe épreuve, imprimée en couleurs, avec la première adresse, celle d'Aumont laquelle fut, plus tard, remplacée par celle de Landié, elle est par conséquent avant la retouche : quelques épidermures fort habilement réparées.

Cette estampe, conservée par tradition dans l'œuvre de Debucourt, est gravée par Le Cœur d'après Desrais.

41. La Noce au château (21).

Très belle épreuve imprimée en couleurs : l'angle droit

inférieur de la marge a été rapporté et une épidermure dans l'estampe a été très habilement réparée.

42. La Rose mal défendue. Très jolie petite réduction gravée par Bonnemain (27^{c}).

Très belle épreuve.

43. La Promenade publique (33).

Pièce capitale du maître publiée en 1792.

Superbe épreuve imprimée en couleurs; marge du cuivre. Très rare de cette qualité.

44. La Bénédiction paternelle ou le Départ de la mariée, 1795 (50).

Très belle et rare épreuve avec les initiales *D B* et la date *95* au bas, à droite dans l'estampe, lesquelles furent enlevées par la suite.

Cadre en bois, noir et or, du temps.

45. Jouis, tendre mère (58).

Très belle épreuve.

46. Oui, son arrivée fera notre bonheur, 1796 (60).

Très belle épreuve.

47. NAPOLÉON Ier, en pied, de profil à gauche, les bras croisés, 1807 (199). In-f°.

Gravure à l'aqua-tinte et à la roulette.

Superbe épreuve imprimée en couleurs et en partie coloriée; très grande marge. Très rare.

48. ALEXANDRE Ier, en pied, vu de face, la main gauche sur la hanche, 1807 (200). In-f°.

Gravure également à l'aqua-tinte et à la roulette. Fait pendant à la précédente.

Superbe épreuve imprimée en couleurs et en partie coloriée. Très grande marge.

49. **Feu d'artifice à l'Arc de triomphe de l'Étoile. 1810 (222).**

Très belle épreuve en couleurs.

50. **Anglais en habit habillé, d'après C. Vernet (336).**

Très belle épreuve très soigneusement coloriée. Sans marge.

51. **Goûter des Anglais (393).**

Superbe et très fraîche épreuve en couleurs. Marge.

DESFOSSÉS (D'après M.)

52. **La Reine annonce à Mme de Bellegarde des Juges et la liberté de son mari en mai 1778 : gravé par Duclos.**

La Reine (Marie-Antoinette) est accompagnée de l'Empereur (Joseph II), des comtes et comtesses de Provence et d'Artois, de Mmes de Choisy et de Mailly, dames d'atours et de Mlle de Gramont, dame du palais. Mme de Bellegarde est accompagnée de son fils, à genoux et de Messieurs de La Garde, d'Agoult, de Monlezun, etc., officiers au corps d'artillerie.

Très belle et rare épreuve avant la lettre.

DOSSIER (M.)

53. **Noyret de la Ravoye (Anne Varice Valleire, Mme) en Pomone, d'après H. Rigaud. In-fo.**

Très belle épreuve. Marge.

DREVET (P.-I.)

54. **Adrienne Lecouvreur, célèbre comédienne dans le rôle de Cornélie : gravé d'après Ch. Coypel (F. Didot 24). In-fo.**

Superbe épreuve du 2e état, dit avec la faute : avant qu'un *E* ait été ajouté au mot *modele*, lequel est écrit *model*. Rare.

DUGOURE (D'après J.-D.)

55. **Le Lever de la mariée, par Ph. Trière.**

Superbe épreuve avant la lettre : elle est très fraîche et a de la marge. Très rare de cette qualité.

DUTAILLY (D'après)

56. **On doit à sa patrie le sacrifice de ses plus chères affections, par Coqueret.**

Superbe et très rare épreuve imprimée en couleurs. Très grande marge.

EISEN (D'après C.)

57. **Les Désirs satisfaits, par Patas.**

Très belle épreuve.

EARLOM (R.)

58. **Un marchand offrant un lièvre à deux jeunes garçons.**

Grande et belle pièce, en hauteur, gravée à la manière noire d'après Zoffany.

Superbe épreuve avant toutes lettres, seulement les noms des artistes et celui de l'éditeur tracés à la pointe.

FRAGONARD (D'après H.)

59. **Le Baiser à la dérobée, par Regnault.**

Très belle et rare épreuve avant toutes lettres, seulement le nom de Regnault tracé à la pointe. Coloriée.

60. **La Gimblette, par Bertony.**

Superbe et très rare épreuve avant toutes lettres, avant les armes et avant la draperie. Grande marge.

61. L'Innocence inspire la tendresse, par Voisard.

Superbe épreuve avant la dédicace.

62. S'il m'était aussi fidèle, par Dennel.

Superbe et très rare épreuve avant toutes lettres et avant le médaillon.

63. Le Verre d'eau, par N. Ponce.

Très belle épreuve.

64. Le Verrou, par De Gouy ; petite réduction, ovale, pour dessus de tabatière.

Superbe épreuve imprimée en couleurs. Toute marge.

FRAGONARD et LAWREINCE (D'après)

65. La Coquette fixée.
Les Sabots.

Deux jolies pièces, faisant pendants, gravées par J. Couché.

Très belles et très fraîches épreuves avant leurs marges entières non ébarbées. Très rares de cette qualité.

FREUDEBERG (D'après S.)

66, PREMIÈRE SUITE D'ESTAMPES pour servir à l'histoire des mœurs et du costume des Français dans le XVIIIe siècle.

Suite de 12 pièces dont nous ne possédons que dix, manquent la Soirée d'hyver et l'Occupation.

Superbes épreuves avant les numéros. Marges des cuivres.

67. L'Événement au bal, par Duclos et Ingouf.

Très rare épreuve à l'état d'eau-forte. Marge du cuivre

68. La Toilette champêtre.
La Propreté villageoise.

Deux pièces faisant pendants.
Superbes épreuves imprimées en couleurs. **Fort rares.**

69. La Félicité villageoise, par Delignon.

Superbe épreuve avant toutes lettres, avant les armes dont l'emplacement est ménagé en blanc dans la bordure, avant quelques travaux et avant que les têtes des deux principaux personnages aient été modifiées; très grand marge. Excessivement rare.

70. La même estampe.

Très belle épreuve avec la lettre et avec toutes les modifications signalées dans l'épreuve précédente. Marge.

GARBIZZA (Par et d'après)

71. Vue de Paris, n° 4, prise de l'entrée des Champs-Élysées.

Très belle épreuve, coloriée, de l'une des pièces les plus intéressantes de la suite. Marge.

GARNERAY (D'après)

72. Le Roman, par Mixelle.

Superbe et très fraiche épreuve imprimée en couleurs; sans marge sur les côtés. Fort rare.

GÉRARD (D'après Mlle)

73. Les Regrets mérités, par De Launay.

Très belle épreuve ayant toute sa marge.

HOPNER (D'après J.)

74. Sophia Western, gravé à la manière noire, par J. R. Smith, 1784. Petit in-f°.

Portrait de Mme Phébé Hopner, femme du peintre.
Très belle épreuve imprimée en couleurs. Sans marge.

75. *Lady Charlotte Duncombe,* par C. Wilkin. In-4°.

Très belle épreuve imprimée en bistre.

HUET (D'après J.-B.)

76. Grande pastorale, en largeur, par Demarteau : n° 601.

Superbe et très fraîche épreuve imprimée en couleurs. Marges non ébarbées.

77. Grande pastorale, en largeur, par Demarteau : n° 602.

Superbe épreuve imprimée en couleurs, sans marge.

78. Le Berger.
La Bergère.

Deux pièces, faisant pendants, gravées aux trois crayons par Demarteau.
Très belles épreuves.

79. La Belle Cachette, par Bonnet.

Très belle et rare épreuve, avant la retouche, imprimée en couleurs. Marge.

80. La Belle Toilette, par Bonnet.

Très belle épreuve imprimée en couleurs.

81. L'Heureux chat, par Bonnet.

Très belle épreuve, avant la retouche, imprimée en couleurs. Marge.

82. **Le Bain, par Bonnet.**

Très belle épreuve imprimée en couleurs.
Cette pièce qui fait suite avec les précédentes est d'après Jollain.

83. **Le Déjeûner, par Bonnet.**

Très belle épreuve imprimée en couleurs.

84. **Les Soins maternels, par Bonnet.**

Très belle épreuve imprimée en couleurs. Sans marge.

85. **Le Feu.**
La Terre.

Deux médaillons ovales faisant pendants.
Très belles épreuves imprimées en couleurs.

86. **Alcibiade ou le Moi, par Bonnet.**

Très belle épreuve imprimée en couleurs.

87. **L'Amour offrant des présents à Ariane, par Bonnet.**

Très belle épreuve imprimée en couleurs. Très grande marge.

88. **L'Amour fait offrande de son cœur à Vénus, par Bonnet.**

Superbe épreuve imprimée en couleurs.

89. **L'Amour prie Vénus.**
Vénus enflammée par l'Amour.

Deux pièces, faisant pendants, gravées par Bonnet.
Très belles épreuves imprimées en couleurs.

90. **Le Départ de l'amour, par Demarteau.**

Très belle épreuve imprimée en couleurs. Sans marge.

91. **Les Grâces enchaînées par l'amour.**
L'Amour enchaîné par les Grâces.

Deux pièces, faisant pendants, gravées par Bonnet
Très belles épreuves imprimées en couleurs.

92. **Jupiter et Danaë, par Bonnet.**

Très belle épreuve imprimée en couleurs. Très grande marge.

93. **Jupiter descend avec toute Sa Majesté dans le Palais de Semélé, par Bonnet.**

Très belle épreuve imprimée en couleurs.

94. **Offrande à l'Amour.**
Offrande au dieu Pan.

Deux fort jolies petites pièces gravées par Jubier.
Très belles épreuves imprimées en couleurs.

95. **Offrande à Vénus, par Bonnet.**

Superbe épreuve imprimée en couleurs. Marge.

HUET et CARÈME (D'après)

96. **La Culbute imprévue.**
La Chute inattendue.

Deux pièces, faisant pendants, gravées par J. Morret.
Très belles épreuves imprimées en couleurs.

ISABEY (D'après J.-B.)

97. **La Reine Hortense, gouvernante des Pays-Bas : médaillon ovale, in-8°, gravé par Monsaldy.**

Très belle épreuve imprimée en couleurs : marge du cuivre. Très rare.

98. **Madame Dugazon, médaillon ovale, in-4°, gravé par Monsaldy.**

Superbe épreuve, imprimée en couleurs, portant le cachet d'Isabey. Très grande marge.

JANINET (F.)

99. **Madame Bertin**, marchande de modes de Marie-Antoinette. In-8° ovale.

Un des chefs-d'œuvre de Janinet et de la gravure en couleurs.

Superbe épreuve, imprimée en couleurs, avant toutes lettres, seulement le nom de Janinet tracé à la pointe; elle a sa marge carrée que l'on rencontre très rarement, cette estampe étant presque toujours découpée à l'ovale. Excessivement rare de cette qualité.

100. **Mademoiselle Du** (Duthé)**, vue de face, assise devant sa table de toilette dont le miroir la reflète de profil, elle tient des roses de la main droite, une lettre de la main gauche; gravé d'après Lemoine. Grand in-4° ovale.

Un des plus gracieux et des plus charmants portraits du XVIIIe siècle.

Magnifique épreuve, avant toutes lettres, imprimée en couleurs, le cadre indiqué par un simple trait: elle est de la plus grande fraîcheur et a une très grande marge.

On a joint à cette estampe une épreuve de l'encadrement teinté jaune, non découpé et ayant sa marge entière non ébarbée. C'est la première fois que nous rencontrons ces deux pièces de cette qualité et en pareille condition.

101. **Marie-Antoinette d'Autriche**, reine de France et de Navarre. 1777. In-f°.

Un des plus remarquables portraits de la Reine, il est entouré d'un cadre ovale, richement orné et rehaussé d'ors, qui l'agrandit.

Superbe épreuve imprimée en couleurs.

102. **Nina**, d'après Hoin. 1787.

Portrait de Mme Dugazon dans le rôle de Nina ou la Folle par amour, opéra-comique de Dalayrac.

Magnifique et très fraîche épreuve, imprimée en couleurs, avant toutes lettres, seulement le nom de **Janinet**, tracé à la pointe, sous le trait carré à droite. **Très rare de cette qualité.**

103. **Portrait d'une jeune Princesse (Frédérique-Sophie-Wilhelmine ?)**

Vue de face dans un parc, accoudée à l'angle d'une balustrade : elle tient dans sa main droite une couronne de fleurs, dans la gauche un portrait d'homme. In-8°, ovale.

Magnifique et toute première épreuve, imprimée en couleurs, avant le mot *Frider* qui, dans l'état suivant, se lit sur le ruban bleu s'échappant du panier de fleurs : elle est très fraîche et a sa marge entière non ébarbée. **De la plus grande rareté en cet état et de cette qualité.**

104. **Portrait de Lekain dans Mahomet**, d'après Brion : médaillon ovale in-8°.

Très belle épreuve imprimée en couleurs.

105. **Projet d'un monument à ériger pour le Roi, 1790**, dessiné par Moreau le jeune, d'après l'invention de De Varenne, huissier à l'Assemblée Nationale.

Superbe épreuve, avant toutes lettres, imprimée en couleurs : elle est signée des artistes au verso.

106. **L'Amour.**
La Folie.

Deux charmantes pièces ovales, faisant pendants, gravées d'après **Fragonard**.

Très belles épreuves imprimées en couleurs : elles ont dix centimètres de marge environ.

Encadrées.

107. **Le Sommeil d'Ariane**, d'après Charlier.

Très belle épreuve imprimée en couleurs. Sans marge.

108. **Pastorales : deux petits médaillons ronds pour boutons.**

Très belles épreuves imprimées en couleurs. Sans marges.

JEAURAT (D'après E.)

109. **Le Carnaval des rues de Paris.**
Le transport des filles de Joye à l'Hôpital.

Deux pièces, faisant pendants, gravées par C. Le Vasseur.
Très belles épreuves.

KAUFFMAN (D'après A.)

110. **Portrait du Chevalier d'Eon de Beaumont en femme, gravé par Françis Harvard, 1788: médaillon ovale. In-f°.**

Superbe épreuve imprimée en couleurs: elle est très fraîche et a une grande marge. Très rare de cette qualité.

LAWRENCE (D'après Sir Th.)

111. **Portraits de *Lady Bagot, of the vicountess Burghersh and Lady Fitroy Somerset*, réunis sur une même feuille.**

Grande et belle pièce, en hauteur, gravée par J. Thomson.
Très belle épreuve légèrement teintée de couleurs.

112. **Philippe... Esq., gravé à la manière noire par G. Clint, 1803. In f°.**

Superbe épreuve, avant la lettre, imprimée en couleurs.

LAWREINCE (D'après N.)

113. **L'Assemblée au Salon, par Dequevauviller (E. Bocher, 6).**

Très belle épreuve.

114. **L'Aveu difficile, par Janinet (8).**

Superbe épreuve, imprimée en couleurs, avant toutes lettres et avant que le troisième pied du fauteuil ait été ajouté. Excessivement rare.

115. **La Balançoire mystérieuse.**
Les Nymphes scrupuleuses.

Deux pièces faisant pendants, gravées par Vidal (9 et 42).

Très belles épreuves : la première pièce la seule de cette suite où, dans cet état, il y ait des différences, est avant que la faute au mot *gravé*, lequel est écrit *gravée*, ait été corrigée.

116. **Le Billet doux.**
Qu'en dit l'Abbé ?

Deux pièces, faisant pendants, gravées par N. de Launay (10 et 51).

Très belles épreuves : l'épreuve de « Qu'en dit l'Abbé ? » la seule de ces deux pièces où, dans cet état, il y ait des différences, est avant que dans l'inscription la qualité de *Graveur* DU *roi de France* ait été remplacée par celle de *Graveur* DES *Rois de France*, etc.

117. **La Comparaison, par Janinet (14).**

Très belle épreuve, imprimée en couleurs, d'un tout premier état non décrit : *avant quelques légers travaux notamment avant les marbrures sur l'envers de la glace de la toilette et avant le nom de F. Janinet tracé à la pointe à droite, dans l'estampe, sous les pieds du fauteuil ;* dans cet état, cette estampe est toujours avant toutes lettres, quoique nous ne puissions le constater, cette épreuve étant sans aucune marge. Excessivement rare.

118. **L'heureux moment, par N. De Launay (28).**

Très belle épreuve tirée avant que, dans l'adresse, le mot *chez* ait été écrit *chés*. Toute marge.

119. **Le petit conseil, par Janinet (48).**

Superbe épreuve imprimée en couleurs. Marge du cuivre.

120. **Le Repentir tardif, par Le Villain (52).**

Très belle épreuve.

121. *Valmont and Presed^{te} de Tourvel*, par R. Girard (63).

Très belle épreuve.

122. **La Présidente Tourvel, par R. Girard.**

Cette pièce également tirée des « Liaisons dangereuses », comme la précédente avec laquelle elle fait suite est gravée d'après Touzé.

Très belle et rare épreuve imprimée en couleurs.

LAWRANÇON (Lawreince?) (D'après)

123. *A Lady at Hay-Making.*

Jolie pièce gravée, à la manière noire, par J. R. Smith.
Très belle épreuve. Marge.

LE BRUN (D'après Mme L. Vigée)

124. Louis XVI, roi de France.
Marie-Antoinette, reine de France.

Deux très jolis petits médaillons, ronds, faisant pendants, gravés par Levachez et Sergent.

Très belles épreuves imprimées en couleurs: sans marges. Excessivement rares.

LE CLERC (D'après)

125. Jeune femme en buste, la tête appuyée sur des coussins; gravé à la manière du crayon, par L. Bonnet.

Très belle épreuve imprimée en couleurs.

LE COEUR

126. *Betty.*

Petit médaillon de forme ovale.
Très belle épreuve imprimée en couleurs. Toute marge.

LE PRINCE (D'après J.-B.)

127. Le Prince dessinant.

Pièce ovale, anonyme, gravée à la manière du lavis.
Très belle épreuve, sans aucune lettre, tirée en bistre. Marge.

128. Le Bonheur du Ménage, par N. De Launay.

Très belle épreuve avant toute sa marge.

129. L'Enfant chéri, par De Launay.

Superbe et rare épreuve avant la dédicace. Toute marge.

MARIN (L. Bonnet, sous le pseudonyme de)

130. L'Agréable négligé.

Médaillon ovale dans un encadrement rehaussé d'ors.
Superbe épreuve imprimée en couleurs. Sans marge.

MONSALDY et DEVISME

131. Vue des ouvrages de peinture des artistes vivants exposés au Muséum central des arts en l'an XIII (1800) de la République Française.

Suite de deux pièces se complétant.
Très belles épreuves.

MOREAU (Par et d'après J.-M.)

132. **Au Roi.**
A la Reine.

Portraits de Louis XVI et de Marie-Antoinette dans des médaillons entourés de figures allégoriques.

Deux pièces, in-f°, faisant pendants, gravées par N. Lemire (E. Bocher 30 et 33).

Très belles épreuves. Grandes marges.

133. **Ouverture des États-Généraux.**
Constitution de l'Assemblée Nationale.

Deux pièces faisant pendants.

Très belles épreuves, la première pièce est avant toutes lettres, la seconde avant la liste des députés.

134. **J'en accepte l'heureux présage**, par Triere (E. B. 1350).

Très belle épreuve. Toute marge.

135. **Le Lever**, par Halbou (1360).

Très belle épreuve avant la lettre. Marge.

136. **Le Souper fin**, par Helman (1365).

Superbe et très rare épreuve avant la lettre. Marge du cuivre.

NOEL (A Paris, chez)

137. **Marie-Louise, archiduchesse d'Autriche, impératrice des Français.** In-8°.

Très belle épreuve en couleur.

PETERS (D'après W.)

138. ***Sylvia.***

Très gracieuse pièce gravée, à la manière noire, par J. R. Smith.

Très belle épreuve ayant une grande marge. Rare de cette qualité.

139. *The Fortune Teller.*

Gravé à la manière noire par J. R. Smith.

Très belle épreuve remargée sur les côtés et avec sa marge inférieure originale rapportée.

PIETKIN (D'après)

140. Les Délices de l'été, par Chapuy?

Très belle épreuve imprimée en couleurs; taches d'eau Fort rare.

PLOOS. VAN. AMSTEL (excud.)

141. Portrait de femme, vue de trois quarts à gauche, tenant un livre à la main. Gravé en fac-simile de dessin d'après Goltzius. 1612.

Très belle épreuve.

REYNOLDS (D'après Sir Josuah)

142. *The Hono'rable* Mrs STANHOPE.

Très gracieux portrait, petit in-f°, gravé par C. Watson.

Magnifique épreuve, imprimée en couleurs, du premier tirage : elle a pour titre le nom du personnage lequel fut, par la suite, remplacée par celui de *Contemplation*, est excessivement fraîche et a une grande marge. De la plus grande rareté de cette qualité.

143. La même estampe.

Très belle épreuve avec le titre changé en celui de *Contemplation*. Très grande marge.

144. *Contemplation Youth.*

Portrait de Master Brown, gravé à la manière noire par Hodges.

Très belle épreuve imprimée en couleurs: sans marge. Très rare.

145. Henri Hope. Esq? of Amsterdam.
Mrs W. Hope.

Deux portraits in-f°, faisant pendants, gravés à la manière noire par Hodges.

Très belles épreuves.

ROMNEY (D'après G.)

146. Mrs Robinson (Mary Darby), gravé à la manière noire par J. Smith, 1781.

Un des plus gracieux portraits du maître.

Superbe épreuve. Très rare.

ROWLANDSON (Par et d'après T.)

147. *A French Family.*
An Italian Family.

Deux des plus jolies pièces du maître publiées en 1787: elles font pendants.

Superbes épreuves en couleurs. Rares.

148. *Studious Gluttons.*
The disappointed epicures.

Deux pièces gravées par Alken et par Rowlandson.

Très belles épreuves en couleurs.

SAINT-AUBIN (G. DE)

500 Danlos 149. Spectacle des Tuileries, 2e vue (De Beaudicourt 14).

Superbe épreuve. Rare.

135 150. Vue de la foire de Beson, près Paris (17).

Superbe épreuve.

SAINT-AUBIN (D'après A. DE)

275 Gosselin 151. La Savonneuse, par Julien et Moret (E. Bocher, 417).

Très belle épreuve imprimée en couleurs. Sans marge.

152. La Marchande de châtaignes, par le comte de Paroy (440).

Très belle et rare épreuve avant le nom du graveur et avant quelques légers travaux.

SERGENT (A. F.)

153. J.-J. LAURENT, négociant. In-4°.

Superbe et très fraîche épreuve, imprimée en couleurs, avant toutes lettres autres que les noms du personnage imprimés sur la bordure. Marge.

610 Danlos 154. Le Général MARCEAU en pied, dans le costume de hussard qu'il portait quand il fut tué.

« Né à Chartres, soldat à XVI ans, général à XXIII, mort à XXVII. »

Superbe épreuve imprimée en couleurs du 1er état : toutes les inscriptions sont tracées en lettres grises. Très rare.

155. M. NECKER, d'après Duplessis. In-4°.

Très belle épreuve imprimée en couleurs.

TAUNAY (D'après)

156. **Le Tambourin, par Descourtis.**

Magnifique épreuve avant toutes lettres, imprimée en couleurs ; petite marge. Excessivement rare de cette qualité.

157. **La Rixe, par Descourtis.**

Très belle épreuve imprimée en couleurs.

VAN GORP (D'après)

158. **C'est papa, par De Launay.**

Très rare épreuve avant toutes lettres et avant le fleuron, à l'état d'eau-forte : dans cet état, la jeune femme est coiffée d'un chapeau, lequel a été enlevé par la suite.

158 *bis*. **La même estampe.**

Très belle épreuve avant toute sa marge ; la jeune femme est coiffée en cheveux.

WATTEAU (D'après Ant.)

159. **L'Ile enchantée, par P. Le Bas.**

Très belle et très rare épreuve avant toutes lettres, non entièrement terminée, elle a de nombreuses retouches au crayon, indications du graveur. Grande marge.

WARD (D'après J.)

160. ***Selling Rabbits.***
The Citizens Retreat.

Deux grandes et très belles pièces, en largeur, gravées par Ward.

Très belles épreuves imprimées en couleurs. Rares.

WARD (W.)

161. *The musing charmer.*

4 20 Très joli médaillon rond.
Très belle épreuve en bistre et en couleurs. Fort rare.

Paris. — Typ. Ph. Renouard, 19, rue des Saints-Pères. — 1856

www.ingramcontent.com/pod-product-compliance
Ingram Content Group UK Ltd.
Pitfield, Milton Keynes, MK11 3LW, UK
UKHW020516180726
13839UKWH00005B/2124

9 782329 433868